RENAUD DE BOMPAS

Émotions

et

Fantaisies

MAI-JUIN

ÉMOTIONS ET FANTAISIES

RENAUD DE BOMPAS

Émotions

et

Fantaisies

MAI-JUIN

1924

A LA COMPAGNE BIEN-AIMÉE

dont le fidèle attachement
a fait le bonheur de ma vie.

ENVOI d'un HOMME de la MONTAGNE

Près des sommets neigeux, dans ma rude vallée,
J'espérais voir enfin mon ardeur congelée.
Mais malgré mes efforts pour être vertueux,
Piteusement j'échoue et j'en suis tout honteux!
Je ne sais pas chasser le diable qui me tente;
Je pense à vous, Mimi; votre image me hante,
Délicieuse obsession qui, plus forte que moi,
Me fait perdre l'esprit. Je sais trop bien pourquoi.
La fraîcheur des baisers est une chose exquise
Que j'ignorais encore avant de vous trouver.
C'est ce charme nouveau, dont la folle hantise
M'inquiète et me fait peur. Mais comment me sauver?
Ces baisers toujours frais
Ont pour moi tant d'attraits
Que, même en votre absence,
Comme le meilleur vin de mon meilleur caveau,
Ils gardent leur puissance
Et troublent mon cerveau.

Le flirt, dont si souvent j'appréciai les charmes
Voudrait-il me trahir, quand je deviens plus vieux.
Au Grand Amour, son fils, si tard rendant les armes,
Me jouerait-il un tour! Vrai! ce serait curieux!
Si le flirt, par mégarde,
Venait à me trahir, contre l'amour et lui,
D'un sentiment plus doux je veux chercher l'appui.
Que l'amitié me garde!

UN AMOUR DE PAUVRES GENS

Notre amour est sans domicile,
La nuit, sous la lune d'argent,
Il va par les rues de la ville,
C'est un amour de pauvres gens.

Il cherche toujours un coin sombre
Pour mieux éviter les passants,
Et se mieux becqueter dans l'ombre.
C'est un amour de pauvres gens.

La neige et la bise le font
S'abriter sous un vieil auvent;
Bien heureux quand il trouve un pont.
C'est un amour de pauvres gens!

Il n'a jamais les voluptés
D'un joli feu bien réchauffant;
Il a toujours les pieds crottés.
C'est un amour de pauvres gens.

J'affirme que, dans notre monde,
Il n'y en a pas un sur cent
Qui si constamment vagabonde.
C'est un amour de pauvres gens.

Pour lui le confort n'est qu'un rêve;
Toujours dehors par tous les temps
Il court et galope sans trêve.
C'est un amour de pauvres gens.

Mais gardez-vous bien de le plaindre.
Assez fort pour ne rien craindre,
Il fait la nique aux opulents
Ce bel amour de pauvres gens!

BELLE AMIE

Je n'ai jamais trouvé maîtresse aussi jolie.
Une taille aussi souple, un corps aussi bien fait.
Elle met, sans vouloir, tous les cœurs en folie;
Le feu le plus éteint, devant elle, renaît.

Toujours elle s'oublie. Aimer est tout pour elle.
En séduisant les sens elle vous prend le cœur,
Car elle est, chose rare, aussi bonne que belle,
Et ne pense jamais qu'à donner du bonheur;

Ensemble harmonieux de grâce et de jeunesse,
Sa nature enfantine évoque le printemps,
Et sa franche gaîté sait mettre l'âme en liesse;
Avec elle il faut rire avant qu'il soit longtemps.

Gaîté, belle gaîté, c'est toi le bien céleste
Qui, par un Dieu clément, là-haut, fut inventé
Pour tout faire oublier, et jamais, je l'atteste,
Tu ne fus ici-bas, suffisamment vanté.

Ah ! comme je t'aimais dans ma belle maîtresse !
Tu savais par ton rire éloigner la douleur,
Et la joie décuplait le charme des caresses,
J'aimais à te cueillir sur ses lèvres en fleur.

Je suis parti pourtant loin de ma grande amie,
Car le devoir m'impose un tout autre destin.
Je voue à la vertu le reste de ma vie,
Et dois, au crépuscule, oublier le matin !

A TABLE. — COQUIN DE PRINTEMPS

L'hiver, parfois un peu morose,
Afin de voir la vie en rose,
J'aime à flirter de temps en temps;
Mais je ne peux plus au printemps.

Au flirt, toujours plein de mesure,
Il faut, pour garder son allure,
Le froid, la brume et les autans.
Ce n'est pas un sport de printemps.

J'aime avec vous rire et causer
Et ne croyais jamais oser
Vous demander d'aller plus loin.
Pardonnez-moi ; c'est le printemps.

Quand j'ai commis cette imprudence
De vous offrir cette bombance,
Que voulais-je ? Tuer le temps.
J'avais compté sans le printemps.

Je m'étais promis d'être sage,
Comme il convient à mon grand âge.
Mais comment tenir mon serment
Avec ce coquin de printemps?

Je ne puis plus tenir en laisse
Mon désir ardent de caresse.
Si vos appas sont trop tentants!
Que voulez-vous! C'est le printemps!

TRISTESSE

Quand, partout, tant de gens, pour gagner un peu d'or,
Un galon, un ruban, s'inquiètent et travaillent,
Je les tiens pour des fous et ris de leur effort.
Je connais les revers de toutes les médailles.

Gloire, fortune, honneurs sont pour moi sans attraits
Et je plains de tout cœur ceux qui, pour les poursuivre,
Sacrifient leur bien-être et les seuls plaisirs vrais.
L'amour seul ici-bas vaut la peine de vivre.

Lui, seul, est assez fort pour dominer l'esprit,
Aveugler la raison, l'obliger à se taire
Et nous laisser joyeux. Quand le cœur est bien pris,
Devant l'objet aimé tout s'enchante et s'éclaire.

Mais le temps fait son œuvre et c'est lui le plus fort.
Il ente du malheur sur les joies de la terrre,
Et l'on voit attacher par l'implacable sort
Au plus grand des plaisirs la plus grande misère.

Nous devons tous pleurer, nous devons tous souffrir,
Décret terrifiant qui, prêché par le prêtre,
Nous jetant effondrés aux pieds du Divin Maître
Change le goût de vivre en celui de mourir.

Ta religion, ô Christ, n'est jamais que tristesse
Et je te vois toujours couvert d'un voile noir.
Je ne croirai jamais qu'on peut, dans l'allégresse.
Mener une vie sainte et conforme au devoir.

Je préfère ceux-là dont la rude franchise
Oriente nos cœurs vers le renoncement.
« Ne penser ici-bas qu'au dernier jugement. »
Telle est d'un bon chrétien la terrible devise.

Adieu donc les plaisirs ! Adieu belle gaieté !
La tête dans la cendre et les genoux en terre,
Il ne me reste plus, pour toute volupté,
Que de prier la mort de finir ma misère.

AU FURONCLE MAL PLACÉ D'UNE JOLIE INFIRMIÈRE

J'apprends seulement aujourd'hui
Une fort mauvaise nouvelle.
C'est là que trop souvent conduit
La charité d'un si beau zèle.

Près des poilus que vous soignez
Avec un courage inlassable
Le mal vous avait épargnée.
On vous croyait invulnérable !

Je suis sûr que tous ont pleuré
Quand ils ont su que sur vos grâces,
Par eux si souvent admirées,
Un vilain mal avait pris place.

Ce mal pour un autre n'est rien
Car souvent rien il ne dépare.
Un clou ! Qui n'a pas eu le sien !
C'est un mal qui n'a rien de rare ;

Sur un corps vulgaire et rugueux,
Un clou qui bourgeonne et qui perce
Nous laisse froids et puis, tant mieux !
C'est de l'humeur qui se disperse !

Mais un clou sur un corps d'ivoire !
Un clou sur une belle peau !
C'est de la honte sur la gloire,
C'est du trop laid sur du trop beau !

La vision de ce gros point rouge
Qui vient souiller tant de beauté,
Nous fait l'effet d'un affreux bouge
Dans un palais plein de clarté !

Sur la nacre de vos tissus
Ce monstre n'est pas à sa place,
Éros va lui tomber dessus !
Qu'il l'écrase vite et le chasse.

Fort peu de gens doivent savoir
Le joli coin où il se cache.
Mais combien, malgré cette tache,
Aimeraient encore à le voir !

BIENHEUREUSE SOTTISE

On a tort de blaguer les sots.
Pour eux j'éprouve de l'envie
Et je n'ai pas assez de mots
Pour chanter leur joyeuse vie.

Un sot, toujours content de soi,
S'en va, serein, de par le monde,
Et sans jamais se tenir coi
Plastronne partout à la ronde.

Il parle, sans jamais chercher
Ce qu'il convient ou non de dire.
Que pourrait-il donc vous cacher ?
Il est si sûr de vous séduire.

Chez lui, ni doute, ni remords.
Puisque jamais il ne se trompe
Comment pourrait-il avoir tort
En parlant avec tant de pompe.

Voyez-le marcher dans la rue,
Son regard demande au passant :
« Suis-je assez joli ? M'as-tu vu ?
Hein ! quelle allure de pur sang ! »

Et s'il rencontre quelque ami
Sa voix se gonfle d'importance,
Sur tout il donne son avis
Toujours sous forme de sentence.

Vous n'avez pas à lui parler
Car, jamais il ne vons écoute.
Impossible de l'ébranler
Il n'a jamais connu le doute.

Vous voulez en vain fuir bien vite,
Couper son discours par moitié !
Sous le poids de son lourd mérite
Il vous écrase sans pitié !

Dans son égoïsme il se vautre,
Si grande est sa félicité !
Il mourra, sans s'être douté,
Qu'il a fort embêté les autres.

AUPRÈS D'ELLE... UN MATIN

C'était dans un grand pré qui domine la ville,
Nous étions tous les deux, couchés sur mon manteau.
Nous pouvions embrasser d'un seul coup d'œil la file
Des clochers émergeant dans le fond du coteau.

Et la cité de brique, à nos pieds lumineuse,
Et rose, étincelait sous les feux du soleil,
Et la belle couleur, partout harmonieuse,
Par la brume estompée, emplissait tout le ciel.

Mes yeux, trop occupés, méprisaient ces spectacles
De la ville et du ciel. Délicieusement fous
De la folie d'amour, faiseuse de miracles,
Ils ne vous quittaient pas et ne voyaient que vous.

Je voulais à jamais y graver votre image.
Je savais qu'il fallait perdre ce bien sans prix,
Et que nous en étions à la dernière page
Du plus joli roman que l'Amour ait écrit.

C'en était fait pour nous des heures délicieuses,
Où le cœur et les sens, dans un bel unisson,
Chantent à pleine voix des strophes amoureuses
Qui font, dans l'être entier, courir le grand frisson.

Mais nous voulions tous deux oublier nos tristesses
Et vider notre verre avant qu'il fût brisé.
Combien ce beau matin vit de belles caresses !
Combien, dans sa cachette,
Au fond de la haie verte,
Le merle facétieux entendit de baisers !

AMOUR DE BURIDAN

Toutes deux sont grandes et blondes,
Et je les aime toutes deux.
Chez l'une les formes sont rondes,
C'est chez l'autre un peu plus osseux.

La première a le cœur très tendre,
Elle aime délicieusement.
L'autre a bien plus de peine à rendre
Ce que lui donne son amant.

Bien plus esclave que maîtresse
L'une, pour aimer, sait souffrir.
L'autre veut plaisir et caresse
Et c'est elle qu'il faut servir!

Tandis que l'une, dans la vie,
Ne comprend qu'un seul grand amour;
Chez l'autre, c'est la fantaisie,
Qui l'amuse à peine un seul jour.

L'une est avant tout une amante,
Son cœur domine son esprit.
L'autre, d'humeur plus pétillante,
De tout se moque et de tout rit.

Une seule devrait me plaire,
Pensez-vous, d'après ce portrait.
Détrompez-vous, sur cette terre,
On n'aime pas ce qui est parfait.

Quand la folle pourrait me prendre,
Je pense à la sage qui est loin ;
Quand je suis avec la plus tendre,
Je pense à celle qui l'est moins.

Entre mes deux blondes, en panne,
J'hésite et je ne marche pas ;
Malgré moi, je suis comme l'âne
Qui meurt de faim entre deux plats.

DÉSILLUSION

Après trente ans passés, rencontrer une femme
Qui sût de vos vingt ans mettre en émoi l'ardeur!
Rien ne vaut ce tableau — je jure sur mon âme —
Pour faire réfléchir et vous serrer le cœur.

Elle était autrefois gracieuse et si gentille
Avec sa peau de pêche et son joli teint frais!
D'un galbe harmonieux, c'était la belle fille
Qui plaît sans le secours du fard et sans apprêts.

Celle que j'admirais, pourquoi l'ai-je revue?
Le temps nous enlaidit bien avant qu'il nous tue!
Maintenant les beaux yeux sont à demi-fermés.
Tout est devenu laid; les traits sont déformés.

Comme je me sens vieux en pensant aux années
Où, jeune, je l'aimais. Les fleurs sont bien fanées!
Le plus beau des jardins, en hiver, devient gris.
Et l'on n'y trouve plus que tronçons et débris.

LA RAGE D'AIMER

SONNET

Je n'aurais jamais cru, lorsque j'avais vingt ans,
Que la rage d'aimer, tenace et lancinante,
La fureur des désirs, tyrannique et troublante,
Chez le pauvre être humain durait aussi longtemps.

Trop fougueux, j'ignorais l'amour à marche lente.
Je gasgillais les fleurs que donne le printemps.
Sans songer à l'hiver, aux ravages du temps,
Vite je me jetais sur tout ce qui nous tente.

Un homme, à cinquante ans, me paraissait un vieux.
La femme était finie à quarante. A mes yeux,
Il n'y avait pour aimer que la folle jeunesse.

Je n'étais qu'un grand sot, car si le temps détruit
Les cheveux et le teint, c'est lui qui nous instruit.
Par lui seul on devient maître en l'art des caresses.

A L'ABSENTE

Dans la rose cité, tout est devenu noir,
J'ai beau m'y promener du matin jusqu'au soir,
Les tramways sont bruyants : la rue est ennuyeuse,
La foule est sans gaîté, vulgaire et soucieuse.
Tout me semble vilain, tout me semble mal fait.
Les pavés sont plus durs, et tous les gens sont laids.
La grisette aux grands yeux a perdu tout son charme.
Elle s'en va, cagneuse, au bras d'un gros voyou
Qui, dans un relent d'ail, digne d'un vieux gendarme,
Lui conte des fadeurs pour en faire joujou.
Le Gascon se prélasse, inélégant et sale,
Aux tables des cafés, sur les bancs des jardins.
Il voit passer la femme, en quête d'un beau mâle,
Et lui lance un coup d'œil, égrillard et badin.

Tout cela me répugne et j'en ai la nausée.
Je sens que dans mon cœur une chose est brisée,
Plus rien ne m'intéresse et je ne suis plus moi.
Vous qui le savez trop, vous me direz pourquoi.

IDYLLE DANS LA BRUME

Sous le couvert ouaté d'un brouillard de Garonne,
Nous allions tous les deux, échangeant des baisers.
Nous étions enchantés de ne trouver personne ;
Surs de n'être point vus, nous pouvions tout oser.

La tremblante lueur des pâles reverbères,
A peine suffisait à montrer le chemin.
Le froid était très vif, notre allure légère,
Et pour chauffer nos doigts, nous confondions nos mains.

Mais bientôt la chaleur ranimait tout notre être,
La marche était plus lente et les arrêts plus longs.
Alors les désirs fous aussitôt de renaître,
Et pour nous embrasser tous les coins étaient bons !

Et puis c'était fini ! — chacun rentrait chez soi !
Tu vas dire, lecteur, « oh ! la belle aventure !
« Un flirt dans le brouillard ! Il n'y a pas là de quoi
« S'échauffer la cervelle et rimer en mesure ! »

Si tu la connaissais, cette superbe fille
Que j'avais à mon bras, dans la brume d'hiver!
Toi-même, que tu sois de Londre ou de Séville,
Tomberais en extase et lui ferais des vers!

ACCIDENT DE VOITURE

D'UN OFFICIER DE MARINE SUR UN PONT

C'est sur ce pont qu'un jour, ô mon cher cousin Pierre,
Conduisant un poney, vous avez mis à terre
Et vous-même et cheval et voiture et beau-père.
Vous l'avez très bien fait, si bien, si doucement,
Que roulant sur le sol, au grand étonnement
De ceux qui vous voyaient, vous sûtes éviter
Le choc de la voiture et celui du beau-père.
L'un ou l'autre pour vous eût été chose amère !
Je laisse aux ignorants le soin de s'épater.
Quant à moi, je ne suis pas autrement surpris.
Les ponts ! ça vous connaît ; vous êtes vieux amis.
Qu'ils soient construits sur terre ou qu'ils soient de bateau
Vous savez sur les deux vous montrer ce qu'il faut.
Sur ceux qui *vont* sur l'eau, vous savez tout braver ;
Sur ceux qui *sont* sur l'eau vous savez vous sauver !!!

ÉPITAPHE

Si parfois je parus léger
La souffrance seule en fut cause,
Pour l'oublier ou l'alléger
Je fuyais tout ce qui est morose.

Mais j'aimai toujours mon prochain
Et je m'efforçai d'être aimable.
J'ai dû semer du très bon grain
Car la récolte est admirable.

Largement payé de retour
Je demande à tous mes amis
De prier Dieu, pour qu'à mon tour,
Dans son beau ciel je sois admis.

La charité, dès mon enfance,
Fixa le choix de mon chemin.
Pour obtenir ma récompense,
Qu'elle me prenne par la main !

19 juillet 1921.

IMPATIENCE

Hélas! encor deux jours avant de te revoir.
Il m'a fallu céder, mais de dépit j'enrage.
Moi, qui désire tant dans ton joli boudoir
Du beau livre d'amour tourner encor la page!

Trop gourmands et trop fous mes désirs sont punis.
Il me semblait déjà te tenir enlacée.
Je dois me consoler à la double pensée
Que le jour de Vénus nous verra réunis.

Si je pouvais aussi te croire impatiente,
Comme je serais fier! Que je serais content!
Car, vois-tu, belle enfant, c'est l'absence ou l'attente
Qui nous fait percevoir que nous aimons autant.

EXCUSE APRÈS UN LONG SILENCE

Trop longtemps ma pensée a dû rester muette.
Ne cherche pas pourquoi. Rien ici-bas n'est clair.
Je veux, dans ton boudoir, retrouver la violette.
Les amours et les fleurs marchent toujours de pair.

Mon désir te précède au seuil de ta demeure.
Demain tu m'entendras sonner à la même heure
Où, tant de fois, le temps nous a paru trop court,
Délicieusement pris par le rire et l'amour.

LE FLIRT

Le flirt, c'est un bien joli mot!
Il est Anglais, mais je l'admire,
Et je serais un triple sot,
Si je n'aimais ce qu'il veut dire.

C'est bien lui le roi des plaisirs,
Avec lui, jamais de misères.
Il sait aguicher les désirs,
Mais ne veut pas les satisfaire!

En cela grande est sa sagesse.
Il sait que rien ne vit toujours,
Et qu'il n'est de pire détresse
Que la satiété dans l'amour.

Joyeux, il ne songe qu'à plaire,
Il ne connaît pas le remords.
Que pourrait-il avoir à taire
Puisqu'à personne il ne fait tort?

Avec lui pas de lassitude,
Il déteste — et qu'il a raison !
L'amour qui n'est qu'une habitude,
Cette horrible contrefaçon.

Lui, c'est la joie sans amertume,
Il effleure sans pénétrer.
C'est l'amour toujours en costume.
Il frappe sans vouloir entrer !

A quoi bon effeuiller la rose ?
Rien en amour n'est aussi doux
Que le souvenir d'une chose
Qui n'est pas allée jusqu'au bout !

ADIEUX ET REGRETS

Sur votre pauvre cœur, toute impression s'efface
Comme fait la rosée au soleil du matin
Et je ne fus pour vous qu'un pauvre homme qui passe
Parmi tous vos trésors, sans faire aucun butin,
Et qui, s'il fut parfois agréable ou commode
Peut s'en aller, tout triste et déçu, mais bien sûr
D'être vite oublié!... Vous acceptez la mode
De se moquer de tout et vous dressez un mur
Contre ce que la vie a de grand et de beau,
De noble et généreux. Vous jetez à vau-l'eau
Toutes les fleurs d'amour, les tendresses jolies
Qui de nos tristes jours sont les douces folies.
Combien vous vous trompez! Dans un mauvais chemin
Vous égarez vos pas car il n'est pas de fête,
Belle toilette ou bal, spectacle ou festin
Qui donne le bonheur d'un bel amour en tête.
Chercher dans le plaisir ce qu'il ne peut donner
C'est courir au-devant de la pire détresse.

Il nous grise un moment, mais vite vient sonner
L'heure du grand dégoût qui succède à l'ivresse.
Il n'y a rien ici-bas qui vaille un peu d'amour
Et vous n'en voulez plus, malheureuse insensée!
Adieu donc belle amie, et je prie pour qu'un jour
Par de trop grands regrets vous ne soyez blessée.
Pour moi, je vais tout seul me cacher pour souffrir
Comme l'oiseau se cache au moment de mourir.

13 janvier 1922.

A LA BELLE FILLE AU ZENANA BLEU

Les femmes de Paris sont belles, aguichantes.
Mais y en eût-il encor beaucoup plus qu'il n'y en a,
Je reste indifférent; ici, rien ne me tente
Après ce que j'ai vu sous un bleu Zenana.

La fille de Paris a certes bien des charmes,
Mais elle a beau montrer tout ce que Dieu donna,
Elle doit s'incliner et doit rendre les armes
Devant ce que j'ai vu sous un bleu Zenana.

On me dit que Phryné conduite à l'audience,
Fit voir un si beau corps qu'un juge pardonna.
Je comprends trop ce juge en gardant souvenance
De tout ce que j'ai vu sous un bleu Zenana !!!!!

LES ÉLECTIONS ET LES MÉDECINS

D'un tout récent émoi, la ville est encor pleine,
La haine encor s'allume aux yeux de l'indigène,
Et l'on en voit beaucoup qui se serraient la main
S'arrêter et s'enfuir par un autre chemin.
Que s'est-il donc passé? Deviner est facile.
Cherchez ce qui le mieux, aux champs comme à la ville,
Divise les Français et les fait se haïr.
Vous l'avez deviné! N'est-ce pas, sans mentir,
Ces sales élections, ces élections funestes
Qui, régulièrement, viennent comme la peste
Infester le pays et rendre irrespirable
L'air le plus bienfaisant. Ce mal est incurable.

Se jugeant supérieur au simple citoyen
Esculape, aisément, devient politicien.
Les médecins toujours ont une clientèle
Que la peur de mourir rend servile et fidèle.
Pour amener à eux la voix de l'électeur,
Ils n'ont pas à gagner son esprit ou son cœur.

C'est trop de dévoiement ou de constipation,
Le ventre ou l'estomac qui font leur élection,
Et c'est ainsi qu'ils sont candidats redoutables
Et que vous les voyez à la Chambre innombrables.
Les avocats par eux sont aujourd'hui battus
Et je ne sais pas voir ce qu'on en a de plus.
Mais si, comme on l'a dit, souvent femme varie,
Le scrutin, lui aussi, tourne à sa fantaisie.
Avec lui, chaque fois, il faut s'attendre à tout.
Il a fait si souvent preuve de mauvais goût.
Si la France, un beau soir, devient par trop malade,
Il faudra découvrir des sérums, des vaccins
Qui puissent l'arrêter dans sa dégringolade,
En la débarrassant de tous ses médecins.

26 août 1922.

MADRIGAL A Mme MADELEINE B...

Du bon vieux temps passé qu'on chante la louange,
C'est parfois excessif et c'est bon pour les vieux.
Un souvenir pourtant est de ceux que je range
Parmi les plus touchants et les plus gracieux.

J'aime encor évoquer l'image d'une reine,
Qui, pleine de tendresse et de douce pitié,
Aimait de ses sujets à soulager la peine
Et donnait du courage au plus disgracié.
Ah! comme elle était belle! En la voyant passer
Chacun croyait avoir des visions célestes,
Car son regard si doux semblait vous caresser
Et la grâce émanait du moindre de ses gestes.

Ce soir nous n'avons pas à fouiller le passé,
Nous avons avec nous une aussi douce reine.
Par son tendre regard tout chagrin est chassé
Comme celui du Christ le fut par Madeleine!

Quand elle m'apparut avec ses noirs cheveux,
Négligemment plissés sur son front de madone,
Il me sembla qu'un peintre, à Florence ou Vérone,
Comme vierge autrefois n'aurait pu trouver mieux!

Quand avec ses beaux yeux elle apparaît si belle
On sent qu'elle est aussi d'une grande bonté,
Qu'elle est toute indulgence et toute charité,
Et qu'elle aime à semer du bonheur autour d'elle.

A vous ce madrigal, charmante Madeleine!
Et comme en tous ses points par tous il est admis,
De cette réunion de gais et bons amis,
Tous, nous voulons ce soir vous proclamer la reine.

FACÉTIE
SUR LES EAUX D'AX-LES-THERMES

(Air de *Miss Helyett.*)

Fier de ses eaux, de sa montagne,
Ax va grandir sans s'arrêter.
Il n'est pas permis d'en douter!
Il est si proche de l'Espagne!

Des œufs pourris la douce odeur,
Jointe au fumet alliacé
Des plats, pour la douleur
Seront une vraie Panacée.

Le soufre d'Ax fera fortune;
Grâce à lui, les membres perclus,
En plein jour comme au clair de lune,
Feront ce qu'ils ne faisaient plus.

Et l'ingambe à celui qui souffre
Écrira : « Venez vite à nous.
« Croyez à la vertu du soufre,
« Pour ne plus souffrir, soufrez-vous ».

FAIBLESSE

Sans jeunesse et sans droits, triste et peu résigné;
J'évoque, malgré moi, la trop pénible image
D'un bonheur que je perds et qu'un autre a gagné.
Rien qu'à cette pensée, au fond du cœur j'enrage.

Je vois devant mes yeux ces ravissants attraits
Qui, trop souvent, de moi firent un grand coupable.
Devant une beauté, moins aimante qu'aimable,
Que ne suis-je resté calme et froid sous ses traits.

Dieu pouvait bien vous faire aussi tendre que belle
Mais Il n'a pas voulu qu'un être fût parfait,
Et quand vous remueriez les amants à la pelle,
Vos sens peuvent parler, mais votre cœur se tait.

Je ne vous en veux pas, je sais trop les misères
Qui de votre printemps ont desséché la fleur,
Et ne connais que trop celles qui sur la terre
Obligent la raison à remplacer le cœur.

Qu'importe, mon désir de bien peu se contente.
Gardez-moi dans ce cœur un gentil petit coin,
Et si c'est le meilleur, je ne m'en plaindrai point,
Car c'est plus fort que moi, je vous trouve charmante.

J'ai tort et j'aurais dû rester silencieux.
Ce madrigal pourrait avoir fâcheuse suite.
Ne me trahissez pas. Si vous m'aimez un peu
N'en parlez à personne et brûlez-le bien vite.

TRISTE FÊTE

15 mai 1920.

Combien j'aurais aimé vous envoyer des roses!
Mais je n'ai pas voulu. L'éclat de leur beauté
Ne peut s'accommoder des souvenirs moroses
Ni des regrets sans fin, ni des jours sans gaîté.

Pourquoi donner des fleurs à celle dont la peine
Est plus forte que moi. Quand j'aurai sur son cœur
Exercé quelque empire, et vaincu sa douleur,
Alors je fleurirai la fête de Germaine.

UNE FEMME QUI PASSE

Dans sa toilette mauve et sous son blanc chapeau
Elle était ravissante en sa fleur de jeunesse.
Sois calme, mon vieux cœur, tiens-toi, ma vieille peau.
C'en est fini pour moi du charme des caresses.

Quand la beauté m'émeut, elle me broie le cœur
En me faisant penser aux voluptés perdues.
Je n'ai jamais, au prix de fatigues ardues,
Dans les champs de l'amour moissonné que douleur.

A quoi bon désormais regarder une femme!
Dans mon être le temps fait son œuvre de mort.
De ta prison de chair, évade-toi mon âme
Vers de plus hauts sommets, il faut prendre l'essor.

TOAST A Mme K.....

Vous ne m'en voudrez pas, charmante et belle hôtesse,
Si dans ce beau festin où chacun est en liesse,
J'ose placer un mot. Mais c'est plus fort que moi.
Ne suis-je pas Gascon! Il faut que mon émoi,
En prose ou bien en vers, dès qu'il naît et s'éveille,
Qu'il vienne de l'amour ou bien de la bouteille,
S'extériorise et chante à la fin d'un repas.

Or donc, vous le savez, jamais tant de débats
N'ont tourmenté si fort notre peuple de France.
Dans notre parlement que de partis! Je pense
Qu'à les vouloir compter on perdrait son latin.
Ils n'ont qu'un point commun : le désir du butin!
Comment n'est-on pas las de ces partis en « iste »
Qui vont du gros Daudet jusqu'au fou communiste.
Et quand notre budget s'en va tout à vau-l'eau,
Pourquoi faut-il encor s'occuper d'un Caillaux!
Partout on se dispute et partout on chamaille,
On s'insulte, on se bat, pire que la canaille.

Sur rien on n'est d'accord, pas même sur la Ruhr,
Et traîtres et gredins disent que c'est un four.
On voudrait bien la paix et l'on n'a que la guerre,
Et, si les dieux ont soif, toujours plein est leur verre.
Nous le voyons surtout s'il s'agit d'élections,
C'est le débordement des plus viles passions,
Et de boue, à ce jeu, l'homme le plus honnête
Se voit éclabousser des pieds jusqu'à la tête.
Le candidat n'a rien ; mais il promet toujours.
Au dernier des crétins il doit faire la cour.

Aussi, comme il fait bon ! et comme on se repose !
Quand aucune question entre nous ne se pose,
Quand on peut sur un point se mettre tous d'accord,
Et recueillir des voix sur l'un et l'autre bord !

Grâce à vous, belle Dame, autour de cette table,
Enfin nous le tenons, le point indiscutable.
Ce soir, la coupe en mains, à l'unanimité,
Tous, nous vous proclamons : « la Reine de Beauté. »

1923.

UN SOIR A LA LUNE

Je te bénis, ô lune impassible et blafarde,
Tu m'as fait, hier soir, comme un œil qui regarde
Au trou d'une serrure, apercevoir en moi
La folie d'un désir et l'erreur d'un émoi.

Tandis qu'elle parlait sous ta clarté si douce,
D'un passé douloureux qui toujours la poursuit,
Je sentais se calmer sans choc et sans secousse
Une ardeur qui, pareille au nuage qui fuit,
Peu à peu s'évapore et meurt à l'horizon.

O bel astre des nuits! j'ai compris ta leçon.
Tu mènes dans le ciel une calme existence
Et tes nuits sont toujours d'un sage ou d'un vieillard.
Ta clarté n'a jamais ébloui le regard.
La pâleur de ton teint marque ton impuissance.
Ton calme m'a séduit et je veux t'imiter.
Je renonce aux passions, à leur belle folie,

L'amour ne pourra plus m'atteindre ou me tenter
Et seule l'amitié saura charmer ma vie.

Quand tu te complaisais aux regrets d'autrefois,
Voilà, belle Suzon, où m'a mené la lune.
Mes ardeurs s'éteignaient au souffle de ta voix
Et mes illusions s'envolaient une à une.

Je suis vaincu ; je dois au destin me plier.
Impuissant à chasser le mal qui te désole,
A devenir l'amant qui peut faire oublier,
Je serai seulement l'ami qui te console.

LES CHARMES DE LA CAMPAGNE

Chanson dialoguée (air de *Flup*).

Elle : Je ne vous dirai plus jamais
Ce qu'autrefois je proclamais :
Que la campagne est ennuyeuse
Avec sa vie sans incidents.
Au contraire elle est délicieuse
Avec ses nombreux accidents.

Lui : Si je m'excite sur la chasse,
Il suffit de faire un faux pas.
Le fusil part et crac ! on passe
Aussitôt de vie à trépas.
Je peux me livrer à la pêche,
Mais il fait froid au bord de l'eau,
Et le rhume que, seul, je pêche
Me met aux portes du tombeau.

Elle : A quelque tournant de la route,
Si nous roulons dans mon auto,
Nous capoterons, sans nul doute,
Un jour ou l'autre, tard ou tôt.

Pour n'avoir pas cette inquiétude
J'attelle mon petit cheval.
Ne pense-t-on pas d'habitude
Qu'ainsi l'on risque moins de mal ?

LUI : Elle est bien bonne cette histoire !
Parlons-en de ces bons chevaux.
Avec eux l'on part pour la gloire,
Même sans tomber de bien haut.
Nous avons mordu la poussière
Tous les deux, conjugalement,
Et nous sommes trouvés à terre
Sans savoir pourquoi ni comment.
(parlé) Et ce dût être, je m'en doute,
Un tableau drôle et peu banal
De voir étendus sur la route
L'époux, l'épouse et le cheval.

CHŒUR :

Dans la plaine ou dans la montagne
Inutile de chercher loin.
L'accident est à chaque coin.
Comme on s'amuse à la campagne !

AMOUREUSE COLÈRE

Qui me délivrera de cette image horrible
Où je vois ta beauté se livrer, sans amour,
Au bras d'un vibrion, à la mine risible,
Au teint tomate, et rond comme un topinambour.

Vénus peut-elle admettre un pareil assemblage !
C'est à faire hurler et la terre et le ciel !
C'est sur un beau soleil comme un affreux nuage
Sur un mets délicieux comme un amas de fiel.

Devant un tel tableau la rage me dévore
Mais je reste sans droits et je ne puis parler.
Ah ! s'il m'était permis, par un grain d'ellébore
D'oublier un serment que je ne puis violer.

Alors je te dirais, blonde et superbe fille,
Que ton crime est celui de lèse-majesté
Quand tu laisses ainsi, cette sale chenille,
Se vautrer et baver sur autant de beauté,

Alors tu m'entendrais chanter à ton oreille
L'hymne d'admiration que méritent tes charmes.
Et belle et triomphante, à Diane pareille,
Tu m'aurais à tes pieds, amoureux et sans armes.

De ma lèvre gourmande un silencieux baiser,
Effleurant, sans répit, ton beau corps de déesse
Te dirait ta splendeur et saurait te griser
De plaisir et d'orgueil, sous sa folle caresse.

Juin 1921.

L'AUTO-CAR

(Chanson, air de *Miss Helyett*).

L'auto-car, véhicule
Impressionnant à voir !
Qu'il avance ou recule,
Comme il fait bon s'y asseoir !

Il va, roule sans cesse,
Sans vous rien laisser voir.
Si quelque mal vous presse
Il ne veut rien savoir !

Et qu'on vive ou qu'on meure,
On aura beau beugler,
Il faut qu'il soit à l'heure,
Tout d'avance est réglé.

Si le ciel trop ardent
A desséché la terre,
Supportez patiemment
Et soleil et poussière.

De la boue ayez peur
Si l'averse a fait rage.
Redoutez, voyageur,
Le mortel dérapage. *(bis par le chœur.)*

Si, galant, vous causez
Avec votre voisine,
Votre voix vous brisez
Et chopez une angine.

Qu'importe, le touriste
S'en revient enchanté,
Et bien loin d'être triste,
Il dit avec gaieté :

« L'auto-car, ça m'excite !
« C'est nerveux, ça va vite !
« Je suis allé partout,
« Et n'ai rien vu du tout. »

(bissé par le chœur.)

LA DILIGENCE

Air de « l'eau qui court » (*Chansons de Miarka.*)

La diligence, lourde et lente,
Son coupé, son gros ventre rond,
Avaient une forme engageante !
La diligence avait du bon !

Ses allures de vieille femme,
Ses cahots, pour la digestion,
Étaient un merveilleux dictame.
La diligence avait du bon !

Au relais, cris et papotage,
Le fouet claquant du postillon !
Les grelots ! quel joli tapage !
La diligence avait du bon !

L'hiver, les pieds dans de la paille,
On se serrait dans un frisson
Commun, pour que le froid s'en aille.
La diligence avait du bon !

L'été, par la fenêtre ouverte,
Pour fuir la transpiration,
On regardait la plaine verte.
La diligence avait du bon !

C'était toujours un long voyage.
On s'y faisait des relations.
Il s'y fit même des mariages !
La diligence avait du bon !

Quand on descendait à la côte,
On offrait le bras à Fanchon,
Et l'on devisait côte à côte !
La diligence avait du bon !

Puis, l'on pouvait, sous les étoiles,
Choisir Morphée ou Cupidon !
Mais, c'est assez, jetons un voile.
La diligence avait du bon !

CONSEIL D'AMI

Belle fille au cœur sec, en vain dans le plaisir
Tu crois trouver l'oubli. Tu te trompes de voie,
Ces fêtes, cet argent, qui sont tout ton désir,
Te laisseront toujours mécontente et sans joie.

Tu fus, dans ton printemps, victime de ton cœur.
La trahison, un jour, t'accabla de déboires,
Et te fit traverser de longs jours de malheur
Trop fortement rivés dans ta pauvre mémoire.

Constamment sous le poids d'un triste souvenir,
Tu ne crois plus à rien et ton âme en folie
Dans les plus bas instincts espère s'étourdir.
L'esprit en désarroi, tu méconnais la vie.

Crois-en mon amitié. Reconnais ton erreur.
En cherchant le plaisir fu ferais fausse route.
Jamais il n'a donné ni repos ni bonheur.
Par un puissant amour laisse-toi prendre toute.

Lui seul en t'embrasant, peut te faire oublier.
Bien loin de t'amoindrir, ton ancienne souffrance
T'a faite plus vaillante et, pour mieux te plier
Aux caprices du sort, tu connais la patience.

Tu goûteras bien mieux le bien qui t'est offert.
L'école du malheur brise nos exigences.
Un passé douloureux double nos jouissances.
Tu sauras mieux aimer, ayant beaucoup souffert.

Pour moi, le simple ami qui passe et qu'on néglige,
Je bénirai le Ciel et ne demande rien,
Si, pouvant oublier le malheur qui t'afflige,
Tu retrouves l'amour, seul et suprême bien.

A LA GRANDE MAITRESSE D'UN HOMME TROP PETIT

(Loin du ciel.)

Vainqueur d'hier et d'aujourd'hui
Ce « Loin du Ciel » a de la chance.
Il défait, malgré la distance,
Tous ceux qui en sont plus près que lui.

Comment être fier de sa taille
Quand on est ainsi déconfit.
Cette trop heureuse canaille
Me fait souhaiter d'être petit.

Je compte sur la courbature
Qui fatiguera votre rein,
Il vous faut une autre stature.
Vous trop baisser ne vous vaut rien.

LES NOUVEAUX RICHES

Air : *Le petit doigt* (Botrel).

Dieu vous garde du nouveau riche.
C'est un animal encombrant!
Si d'argent il n'est jamais chiche,
Par l'esprit il n'est jamais grand!

Tout paré des plumes du paon,
Il veut toujours faire la roue,
Mais il sent toujours la gadoue,
Et ce n'est jamais qu'un paysan! (*bis*)

De sentiments toujours très bas,
Il a sa marque de facture
Et manque — c'est dans sa nature —
De tout ce qui ne s'acquiert pas.

S'il peut bien revêtir un frac,
Mettre une perle à sa chemise,
Des courses posséder le crac,
Il ne peut cacher sa sottise. (*bis*)

Quand il cherche une cuisinière,
Si l'on dit qu'il y a pénurie,
Il répond sans plus de manière,
« Envoyez vite Pénurie. »

Le piano droit de son salon,
Trop petit, le flatte assez peu ;
Ne le trouvant pas assez long
Il veut qu'on lui mette une queue ! (*bis*)

Sa femme, c'est tout un poème !
Par sa débauche de bijoux,
Et sa mise de mauvais goût
Elle a des airs de Mi-Carême.

Pauvre et simple, elle était fort bien.
Au luxe trop vite poussée,
Elle ne vaudra jamais rien.
Ce n'est plus qu'une déclassée ! (*bis*)

Elle ne fait rien simplement
Et se croit des plus distinguées
En se tenant très gravement
Devant les choses les plus gaies.

Pour ses robes, le grand faiseur
Sait bien celle qu'elle préfère!
Ce serait forfaire à l'honneur
Que de n'avoir pas la plus chère! (*bis*)

Chez le Bric-à-brac, c'est bien pis!
Dans le style elle s'embarrasse
Et, dans son ignorance crasse,
Elle confond tous les Louis.

Dieu vous garde du nouveau riche!
C'est un animal encombrant!
Si d'argent il n'est jamais chiche,
Par l'esprit il n'est jamais grand! (*bis*)

PLUS FORT QUE L'ABSENCE

Les jours sont éternels quand je vis loin de toi.
Pourquoi m'as-tu donné des heures d'allégresse
Dont le doux souvenir pèse si fort sur moi
Que je ne connais plus que regrets et détresse?

En vain je veux chasser l'image d'un passé
Qui prenait tout mon être et remplissait ma vie,
Il reste le plus fort et mon esprit lassé
D'aucune distraction ne connaît plus l'envie.

Parmi les remisés il me faut prendre rang,
Vaincu par la tristesse et déprimé par l'âge,
Auprès de la beauté je passe indifférent
Et je fus trop heureux pour ne pas être sage.

C'est toi qui m'as fait vieux, car tu m'as trop gâté.
En toi j'avais trouvé le plus exquis des charmes :
Une superbe fille ignorant sa beauté,
Un cœur dont la bonté me touchait jusqu'aux larmes.

Dieu seul sait maintenant quand nous nous reverrons.
Mais qu'importe pour nous le temps ou la distance?
Dans un même avenir nous avons confiance
Puisqu'en un même amour nous nous retrouverons.

1919.

MORCEAU PATRIOTIQUE

Ce que nous faisons dans la Ruhr...

Nous allons y crier : N'oubliez pas nos morts!
N'oubliez pas tous ceux qui, couchés sous la terre,
Dans de rudes combats nous ont faits les plus forts.
Magnifiques héros, à l'allure si fière,
Au flot envahissant de la horde germaine,
Ils surent opposer une barrière humaine.
Quand, sublimes martyrs, au front ils sont tombés,
En sauvant leur pays, ils ont sauvé le monde.
Sans eux, sous le Kaiser nous serions tous courbés,
Et subirions le joug de la Kultur immonde.
L'Europe râlerait de honte et de fureur,
Et notre esprit latin, d'une si pure flamme,
De l'abruti Teuton empruntant la lourdeur,
Ne viendrait plus verser son charme dans nos âmes.
O poètes exquis, délices de l'esprit,
Qui nous avez faits rois du monde où l'on écrit,

Voltaire étincelant, charmante Sévigné,
Terrifiant Pascal, délicieux Musset,
Racine séduisant, imposant Bossuet,
Vous aussi seriez morts, si le Boche eût gagné !

Celui-ci, gros roublard, pleure sur ses ruines,
Quand tous ses gros moteurs ronflent dans ses usines.
Et lorsque pour la paix il joue la passion,
Dans l'ombre il reconstruit des milliers d'avions.
Quand on croit le tenir, par la ruse il échappe,
Il ne veut rien payer, mais excelle à duper,
Il arrive à tromper qui ne peut se tromper,
Et, menteur génial, il abuse le Pape.
Qui ne sait aujourd'hui que, pour la bonne foi,
Les Allemands ne sont que des Carthaginois.

O sinistres farceurs, nous resterons tenaces,
Auprès de vos fourneaux et sur votre charbon,
Tant que vous n'aurez pas, cédant à la menace,
Payé tout ce qu'ont pris vos instincts de larron.

Oui ! qu'on le sache bien, nous allons dans la Ruhr
Faire œuvre de justice et de noble vengeance.

Tous nos amis devraient nous prêter leur concours
Contre le Boche infâme et sa vilaine engeance.
Qu'on se souvienne bien de cette cruauté
Dont, pendant trop longtemps, il se fit un système
Qui laisse pour toujours le monde épouvanté.
Il est de ceux qu'on craint et non de ceux qu'on aime!
Quand un peuple s'est mis, comme lui, hors la loi,
Je vous entends, les Morts, crier à notre France :
« Poursuis sans hésiter ton œuvre de vengeance,
« Surtout point de pitié! Sois forte et souviens-toi!!! »

Août 1923.

SPLEEN A LA CAMPAGNE

Sous le poids des grandes montagnes
Qui surplombent notre vallée,
Je sens l'affreux spleen qui me gagne,
Et toute joie s'en est allée.

Comme un tout jeune adolescent
Je pense, n'est-ce pas étrange?
A ces plaisirs moins qu'innocents
Sans lesquels je serais un ange.

On me dit : Prenez garde à vous!
Vous allez tomber en enfance.
On me rappelle ma naissance,
Et j'entends crier « Casse-cou ».

Cet avis me rend irritable,
Je deviens laid, bête et méchant.
C'est, me dit-on, inévitable,
Quand on mène la vie des champs.

A mes yeux, la nature morte
A de grands airs trop solennels.
Que je m'enferme ou que je sorte,
Les jours me semblent éternels.

Comment pourrais-je réagir?
Si, dans mon âme tant lassée,
Je n'avais, pour me soutenir,
Ton aimable et douce pensée.

Elle est toujours auprès de moi,
Et ne cesse de me redire
Que je dois me faire une loi
De me garder pour ton sourire.

LE ROI SOLEIL

(Air de *Fourdrain.*)

Grand parmi les plus grands, siècle du roi Soleil,
De gloire à mon pays tu fis une auréole,
Et ton noble prestige, à nul autre pareil,
S'étendit rayonnant d'un pôle à l'autre pôle.

On te vit enfanter des maîtres sans rivaux
Dans les arts de la paix et dans l'art de la guerre,
Poètes, orateurs, savants et maréchaux.

Et c'est dans ton palais qu'on vit la grâce exquise
De la femme régner et semer sur la terre
Le doux grain de folie et d'amour qui nous grise.

Son costume joli nous laisse curieux;
Sous ses gentils paniers que d'appas on soupçonne!
Quand elle se promet et veut vous rendre heureux,
Vous ne savez jamais tout ce qu'elle vous donne.

Août 1923.

UN MAUVAIS CONSEIL

Si vous voulez une devise,
Prenez « Amour et Papillon »,
Quand le premier vous met en crise
Corrigez-le par le second :
Sans ailes et tout nu, l'Amour nous fait souffrir;
Mais s'il est papillon, il n'est plus que plaisir!

A MOUFLON... 20 ANS

Votre taille et vos yeux, vos lèvres demi-closes,
Vos cheveux, votre esprit. Quel ensemble tentant!
Je saurais bien chanter toutes ces belles choses,
Mouflon, si vous aviez un peu plus de trente ans.

Quand je vous vois passer, fleur d'amour et de grâce,
J'admire et ne dis rien. J'ai l'air d'être de glace.
Sur ma tête blanchie ont soufflé trop d'autans.
Je ne sais plus parler aux filles de vingt ans.

UN RÊVE

Hélas ! rien n'est parfait dans la nature humaine.
Il faut qu'à tout plaisir se mêle quelque peine.
Quel bonheur sans mélange et quel rêve sans nom !
Si dans un même corps, digne d'une déesse,
On pouvait rencontrer, pour y puiser l'ivresse,
La gaîté de Claudine et le cœur de Suzon.

PRIÈRE

O France, le malheur te brise et te déchire.
Le plus pur de ton sang se répand à longs flots.
La mort fauche à grands coups et rien n'échappe à l'ire
Du farouche Teuton, insensible aux sanglots.

Pourquoi l'as-tu permis, Dieu de miséricorde,
Ce charnier tout fumant du corps de nos enfants ?
Est-ce pour expier qu'il faut subir la horde
De ces Huns d'outre-Rhin qui s'enivrent de sang !

Nos crimes furent grands. Nous t'avons méconnu.
Nous avons repoussé le joug de ta loi sainte,
Et cherché loin de toi qu'on traitait d'inconnu
Une joie insolente et libre de contrainte.

Nous aimions trop la vie et c'est elle qu'il faut
Aujourd'hui te donner à toute heure et sans cesse,
Et tu nous fais sentir tout le peu qu'elle vaut
En jetant au tombeau notre belle jeunesse.

Pitié ! Pitié ! Seigneur ! C'est assez de misères.
Si le péché fut grand, trop rude est la leçon.
Dieu ! Laisse-toi fléchir, car les larmes des mères
Sont pour les plus grands torts la plus pure rançon !

6 avril 1951.

UN MALAISE

Nous avons tous quelque tourment;
Le souci souvent nous encombre,
Et combien rare est le moment
Qu'il n'altère pas de son ombre.

Sur toutes les sources de pleurs
Je ne veux pas, en bon apôtre,
M'apitoyer, comme tant d'autres,
Philosophes ou grands rimeurs.

A l'attention du psychologue
Je veux seulement signaler,
— Puisque l'analyse est en vogue —
Un état d'âme à démêler.

D'une peine encore inconnue
Je viens de souffrir aujourd'hui.
N'allez pas croire que j'en suis
A pousser des cris jusqu'aux nues.

Il n'y a pas là de quoi pleurer !
Pour de plus grands maux sont les larmes.
Mais on souffre, on voudrait crier !
Contre la gêne on est sans armes.

On voudrait arrêter le flot
De paroles qui sont choquantes,
Chasser la vue d'affreux tableaux,
Qui, malgré qu'on en ait, vous hantent.

Changer le cours de l'entretien.
Vous êtes pris, c'est impossible.
La politesse vous retient.
Vous devez paraître insensible.

Quand votre regard, en cherchant,
Ne trouve rien de ce qu'il aime,
Tout ce que votre oreille entend
Vous apparaît comme un blasphème.

Les mots les plus délicieux,
Les images les plus aimables
Sont comme des crapauds affreux,
Comme des visions lamentables.

Amour, passion et volupté,
Gestes gracieux, jolies tendresses,
Perdent vite toute beauté,
Contés par des lèvres épaisses.

Mais quand, enfin, me dira-t-on,
Si grande fut votre tristesse?
Quand j'entendis un vieux laideron
Parler d'amour et de caresses.

SUR LA CÔTE DE FEU... AVRIL 1915

Plage de Saint-Palais.

CONSEIL A UN AMI

Ici jusques au bord de l'eau
On vit sous l'yeuse ou le chêne,
Qui ne préservent pas la peau
Contre Phébus qui se déchaîne.
A patauger en plein soleil,
Les enfants deviennent des nègres;
Les mères, au troisième ciel,
Font tremper leurs produits trop maigres.
Bien des femmes montrent leurs...
Mais cela ne fait plus d'effet,
Puisque, par ce temps de détresse,
Restent seuls des hommes défaits.
Rien de plus honnête d'ailleurs
Que cette foule de chair blanche
Qui se jette au petit bonheur
Dans l'eau, pour y faire la planche.
Les visages sont tous des monstres
Sous le foulard ou le bonnet,

Et les figures que l'on montre,
Bien malin qui les reconnaît.
La jupe courte est moins décente,
On sait à qui sont les mollets,
Et la chose devient tentante
Si le minois n'est pas trop laid.
Et moi, je pense à Saint-Girons,
A votre eau fraîche, à vos prairies,
Au bleu du ciel, à vos grands monts
Qui, loin, se détachent en gris.
Respirez donc votre bon air
Que je sais supérieur au nôtre.
Mais ne pensez qu'à votre chair
Et méprisez celle des autres.
Ces autres sont du féminin
Et vous saurez bien me comprendre.
Je crains tant qu'en votre chemin
Vous vous laissiez encore prendre.

L'amitié que je vous porte
Me pousserait à maint sermon.
Vous en ririez, mais peu m'importe !
Croyez-moi, mon conseil est bon !

RAISON ET FOLIE

SONNET

Ta pensée me poursuit, ô ma belle Suzon !
Je revis loin de toi les heures délicieuses
Où tous deux, affolés de la même passion,
Sans cesse nous joignions nos lèvres amoureuses.

Tu ne trouvais jamais mes baisers assez longs.
Tandis que, tourmenté, dans mon âme peureuse,
De l'angoissant remords je sentais le frisson,
Tu te donnais gaîment, sereine et très heureuse.

Devant la joie d'aimer, pour toi tout disparaît.
Tu peux tout oublier et ta raison se tait.
Ton amour est si grand qu'il ne peut plus rien craindre.

Si grand que soit le mien et dût-il en mourir,
La pensée du devoir le fait toujours souffrir.
Ta part est la plus belle et c'est moi qu'il faut plaindre !

UN MARIAGE DE GRANDS

Le sieur Brillon naissait il y a plus de trente ans.
Il restait tout petit, mais non pas sans talents.
Officier de fortune,
Sans en avoir aucune,
Sérieux et fort adroit, il savait au besoin
Réparer un fauteuil et repousser du cuivre,
Et dans un vieux château dénicher dans un coin
Des dessins oubliés qu'il sut faire revivre.
Entiché de noblesse, amoureux du passé,
De blasons et d'aïeux n'ayant jamais assez,
Il sut se consoler de sa petite taille
Et sans beaucoup d'argent, vivait vaille que vaille.
Mais il était inquiet. La race des Brillon
S'éteignait avec lui ; seul un vieux bastion
En Bretagne, à Quimper, portait un si beau nom.
Il fallait y pourvoir ; il se mit en campagne,
Et put réaliser ce problème inouï
D'épouser une Agnès plus petite que lui.

Haute comme un navet, Germaine, c'est son nom,
Est toute en raccourci dans sa complexion.
Aux orgies des Romains, menant la grande vie,
Sur un plat à poisson on l'aurait vue servie.
Elle passe partout sans jamais se baisser,
Et ne peut, en tombant, jamais rien se casser.
C'est l'être le plus mince et le plus minuscule
Ce n'est pas même un corps, ce n'est qu'un corpuscule.
Mais vous verrez Brillon, il saura le grossir.
Quand il y aura passé, vous pourrez à loisir,
Sans lorgnette, admirer cette fille des preux.
Brillon aura prouvé qu'il y a place pour deux.

PARDON !

Ce matin, devant moi, vous embrassiez des fleurs.
Si, parmi vos œillets, j'avais pu prendre place
Vous m'auriez entendu parler à votre cœur,
Implorer mon pardon et vous demander grâce.
Par pitié, laissez-moi savoir qu'en votre esprit
D'un passé douloureux il ne reste plus trace
Et que mon souvenir par vous n'est plus maudit.
Hélas ! J'ai bien assez souffert de votre peine
Pour que vous m'épargniez le mépris ou la haine.
Un seul de vos regards peut me donner la paix.
Ne la refusez pas à mon âme si sombre,
Sur la fin d'un beau rêve, effacé pour jamais,
Le soleil de vos yeux peut seul dissiper l'ombre.

A CELLE QUI ME TRAITA D'HOMME DE TOUT REPOS

A l'heure où tant de gens tombent sous la mitraille,
Et donnent tout leur sang pour l'honneur du drapeau,
Je vais, dans les cafés, boire avec une paille.
Je ne suis plus, hélas ! qu'un homme de repos !

Né trop tôt, pour mourir sur un champ de bataille,
Je ne puis même pas servir dans un dépôt.
Le ravitaillement seul convient à ma taille.
Je suis décidément un homme de repos.

Comment se fait-il donc, qu'après toutes ces preuves
De ma triste faiblesse et du peu que je vaux,
J'éprouve en vous voyant une ardeur toute neuve
Et qui n'est pas du tout d'un homme de repos ?

A pareille question la réponse est facile.
C'est qu'il est des appas qui sont comme un appeau,
Qui grise en attirant et qu'il est difficile
De rester devant eux un homme de repos.

Alors on se croit jeune, on s'emballe, on s'excite,
On sent un grand frisson qui vous secoue la peau.
Halte-là, mon bonhomme ? Il faut freiner bien vite !
Et rester, malgré tout, l'homme de tout repos !

Juillet 1915.

RÉPONSE A UN MOT ILLISIBLE

Je soupçonne charmant votre petit écrit.
De n'avoir qu'un soupçon mon regret est immense,
Et, pour me consoler, belle dame, je pense
Qu'on ne peut tout avoir et la plume et l'esprit !

A UNE GENTILLE SERVANTE

Gentille Marinette, aux grands yeux de velours,
Quand je reviens ici sur les bords de l'Ariège,
Mon regard enchanté se promène toujours
De tes yeux à tes dents plus blanches que la neige.

O Marinette, aux dents plus blanches que la neige,
Tu n'es qu'une servante, et pourtant certain jour,
Je te vois en princesse, avec tout un cortège
De ducs et de seigneurs qui te feraient la cour.

Il vaut mieux Marinette, aux grands yeux de velours,
Qu'humble soit ton destin. Trop d'hommes dans le piège
Tendu par ta beauté, tomberaient, fous d'amour,
Contre trop d'amoureux que le Ciel te protège !

1916.

A LA PAUVRE ABANDONNÉE

C'est fini, pauvre amie, et vous allez partir.
Vous ne m'avez rien dit mais je savais la trame
De ce fâcheux roman qui vient de mal finir.
Je voyais le chemin par où votre pauvre âme
Courait vers le malheur, et ma bonne amitié
Eût voulu bien souvent vous crier casse-cou.
Mais vous étiez aveugle et sourde. Vous aimiez !
Et si j'avais parlé, vous m'auriez jugé fou.

L'heure de l'abandon et de la solitude
Est maintenant venue. Elle devait venir.
Il n'est pas, voyez-vous, de si douce habitude
Au-dessus de la loi, qui ne doive finir.
On ne peut qu'un moment vivre et s'aimer en fraude.
Le devoir, tôt ou tard, doit rester le plus fort.

Quand le traître a cueilli, comme un fruit en maraude,
Votre amour, il savait quel serait votre sort.

Vous comprenez trop tard qu'il est une âme basse,
Terre à terre et toujours absorbé par l'argent,
Que jamais l'idéal dans son cœur n'eut de place,
Et que froid et sceptique, il se moque des gens.
Lui, savait qu'il serait le plus fort dans la lutte,
Car il vous aimait mal et ne pensait qu'à lui.
L'amour sans affection n'est qu'un instinct de brute,
Qui, les sens apaisés, ne cherche que l'oubli.
Vos cheveux, votre teint d'un blond si frais et doux,
Votre admirable corps sont autant de merveilles.
Vous êtes belle fille et l'amour va vers vous,
Comme volent aux fleurs les gourmandes abeilles.
Mais, son butin cueilli, l'abeille fuit la fleur
Et revient à la ruche où son miel la rappelle.
Ainsi s'est évadé celui que, par malheur,
Votre folle jeunesse a pu croire fidèle.

Trop fière pour vous plaindre et brave autant que belle,
Vous partez pour le front. Ce geste est bien Français.
Que l'ange du Seigneur vous couvre de son aile.
Qu'il vous donne l'oubli, le repos et la paix.

1917.

A MES NEVEUX ET NIÈCES

O chers petits neveux ! Laissez-moi vous le dire,
Vous apportez ici la joie et le plaisir.
Au milieu de nos pleurs vous êtes le sourire,
Et quand on vous regarde on ne peut plus souffrir.

Votre belle gaîté, fruit de l'insouciance,
Rayonne et se répand dans les plus tristes cœurs.
Vous nous rendez plus cher notre pays de France
Qui produit, mieux que tous, enfants, femmes et fleurs.

Votre esprit en éveil, veut connaître les choses.
Oh ! calmez votre ardeur ! Ne soyez pas curieux !
Et ne recherchez pas les effets et les causes.
Le mal règne partout. Ignorer vaut bien mieux.

Sur vous, le doux zéphyr souffle sa douce haleine
Et l'orage jamais ne s'est appesanti.
Bien rares sont vos pleurs ; bien courte est votre peine !
Par d'autres sur vos cœurs le choc est amorti.

Riez, très chers petits, tant que la vie est douce.
L'heure viendra trop tôt où vous devrez pleurer.
La rose ne sait pas lorsque le bourgeon pousse
Qu'elle doit, sous le gel, laidir et s'effeuiller.

MADRIGAL

A UNE JEUNE ET JOLIE VIERGE...

sur vieux parchemin.

Mettre de mauvais vers sur ce vieux parchemin,
Qui fut hier découpé par ta petite main !
Quand, à ma table assis, je te sens dans mon dos !
Mais tu ne sais donc pas que, pour faire un seul vers,
Il faut avoir du calme et l'esprit en repos,
Que tes grands yeux si bleus, profonds comme la mer,
Ont un charme troublant, que ta petite bouche
Appelle le baiser ; que chez toi tout est bien.
Et penser qu'à ce tout personne encor ne touche !
Mais c'est un vol ! Le beau, quand il ne sert à rien,
Est un mal ; le remède, il te faut le chercher,
Car, l'Amour, le volé, pourrait bien se fâcher.

Si ces vers sont païens, n'en aie pas de dépit,
C'est sans inconvénient. Tes vertus sont solides,
Et je suis un rimeur qui, déjà décrépit,
Même ailleurs qu'au Parnasse, a droit aux Invalides !

Août 1904.

BOUTADE CONTRE L'AMOUR

J'ai chanté l'amour et ses jeux,
Mais n'ai connu que ses tristesses
Et ne forme à présent qu'un vœu,
C'est qu'enfin en paix il me laisse.

Après nous avoir fait souffrir,
Il nous aide à plus tôt mourir.
Il n'est au fond que chose bête,
Bien fol est celui qui s'y entête!

Loin de s'attacher où il faut,
Il court toujours la prétentaine,
Et semble ignorer ce que vaut
Une vie exempte de peine.

Rarement digne de ses feux,
L'objet sur lequel il se porte,
Créant des maux de toute sorte,
En drame transforme ses jeux.

Il change les femmes en filles
Et l'harmonie en vilain bruit.
Au lieu de fonder des familles,
Que de foyers il a détruit!

Il fait souvent un hypocrite
Du caractère le plus droit.
En enfer où chacun s'irrite
Il transforme un paisible toit.

Terrible semeur de discordes,
Il brise tout sur son chemin,
Entraînant avec lui des hordes
De pleurs, de deuils et de chagrins.

Et pourtant nul ne le rejette.
Malgré tout, il règne toujours.
Il est toujours là qui nous guette
Pour nous jouer un mauvais tour.

Cupidon n'est qu'une canaille!
Il n'est joli que lorsqu'il dort
Et ne fait jamais rien qui vaille
Avec son carquois, quand il sort.

Si vous le voyez qui sommeille,
Croyez-moi, sus à ce vaurien !
Avant que ce crapaud s'éveille,
Frappez fort, écrasez-le bien !!!

FIDÈLE PENSÉE

Un passé trop heureux assombrit l'avenir;
Il est de doux moments qu'on ne peut oublier.
Plus mes regrets sont grands et plus le souvenir
Sans trêve me poursuit pour me crucifier.

Heureuse ou malheureuse, ou très folle ou très sage,
Vous pouvez devenir tout ce que vous voudrez.
Rien ne saurait ternir votre suave image,
Dans le fond de mon cœur, pour toujours vous vivrez.

LE PLUS BEAU VOYAGE

Vous avez sur le front d'Alsace
Distrait votre esprit et vos yeux
Et bien d'autres, à votre place,
En seraient tout à fait heureux.

Mais d'ici je crois vous entendre
Déclarer que, pour les plaisirs,
Le Rhin ne vaut jamais le Tendre
Et ne peut combler vos désirs.

Aimer est le plus beau voyage
Quand, forte comme le Pont-Neuf,
On dit, pour indiquer son âge,
Mille huit cent quatre-vingt-neuf.

1918.

MADRIGAL

Bientôt trois fois vingt ans auront passé sur moi,
Il faudrait renoncer et faire pénitence.
Tu parais, j'oublie tout : je reprends confiance
Et, plus qu'à mes vingt ans, je sens un doux émoi.

Tandis que je devrais rester froid comme un marbre,
Ton amour me permet de défier te temps.
Comme au soleil de mai bourgeonne le vieil arbre,
Je sens monter en moi la sève du printemps.

DERNIÈRE RENCONTRE

Mes sens sont fatigués et mon cœur est meurtri.
En sortant de vos bras, ivre de vos caresses,
Je pleure, malgré moi, si grande est ma tristesse,
Les heures d'un amour qui m'avait si bien pris.

Vous savez, ma Suzon, que j'étais très sincère
Et que j'aurais voulu vous donner une joie
Que tout en vous mérite et que rien n'eût pu faire
Finir, si mon destin était encore à moi.

Mais troublant ma pauvre âme et torturant ma vie,
L'implacable remords, ce poison du bonheur,
Toujours me reprochait la trop douce folie
Qui mettait en conflit mon devoir et mon cœur.

Je vous ai fait savoir le tourment de mon âme.
Une autre en aurait ri ! Vous, vous avez pleuré.
Ces pleurs ont éclairé, comme une pure flamme,
Le plus beau sentiment qu'on m'ait jamais montré.

Nous vivions, tous les deux, des heures de délices
Qui font tout oublier. J'en sentais trop le prix,
Mais quand le devoir parle, il veut des sacrifices.
Vous avez su me plaindre et vous m'avez compris.

Vous avez consenti, pour que mon âme rende
Ce qu'ailleurs elle doit, à briser votre cœur.
Vous avez surtout craint de faire mon malheur.
Je n'ai jamais reçu preuve d'amour si grande!

Sur les beaux souvenirs d'ardente volupté,
Et sur la passion pour toujours endormie,
Planera le parfum de l'exquise bonté
Qui sut changer en vous une amante en amie!

MADRIGAL

Je t'accusais parfois de ne pas me comprendre
Et je vois que c'est moi qui ne comprenais rien.
Ton amour m'apparaît si profond et si tendre
Que tu le ferais croire aussi fort que le mien.

Tout ce que tu m'écris me touche jusqu'aux larmes.
Comment puis-je inspirer un si vif sentiment?
Que faut-il aimer plus? Ta tendresse ou tes charmes?
L'un ou l'autre ferait du plus sage un dément.

LA NEIGE

La neige est une chose infecte!
Trop de poètes ont chanté
L'éclat de sa blancheur suspecte
Si peu digne d'être vanté.

Un seul jour elle nous enchante,
Son pittoresque nous séduit,
Mais vite il faut que l'on déchante,
Quand l'affreux dégel se produit.

Rien n'est plus traître que la neige
Avec sa fausse pureté;
Dangereuse pour la santé,
Les plus grands maux lui font cortège.

Tandis qu'elle charme vos yeux,
Par les pieds elle vous empoigne
Et vous octroie un rhume affreux
Que, plus d'un mois, il faut qu'on soigne.

Fuyez quand elle va venir,
Car ce n'est qu'une courtisane,
De celles dont le souvenir
Vous oblige à de la tisane.

Séduisante par sa blancheur,
La neige n'est qu'une hypocrite,
Elle cache sous sa lévite
Les plus repoussantes noirceurs.

Par-dessus propre, mais truquée,
Elle a les plus sales dessous.
Comme d'une prostituée,
D'elle, mortels, méfiez-vous!

RÉSIGNATION CHRÉTIENNE

SONNET

Pourquoi, dans l'être humain, tant de contradictions !
Est-il donc vrai, mon Dieu, que tu mis sur la terre
Ceux qu'on nomme tes fils, pour vaincre des passions
Qui sont, suivant ton ordre, ou plaisir ou misère.

Ton ministre nous dit, lorsque nous nous plaignons,
Qu'il nous faut expier les fautes de nos pères.
Notre raison répugne à des lois si sévères
Et ne peut y trouver une consolation.

Je ne fais qu'empirer et grandir ma détresse
Si j'invoque ta foi pour calmer ma tristesse.
Avec elle il n'est pas de plaisir sans remords.

Je me soumets pourtant à ta volonté sainte.
Car toi seul ici-bas peux exaucer ma plainte
Et me promets la paix au delà de la mort ! ! !

A L'INFIRMIÈRE QUI EST ALLÉE TUER LE COCHON

A vous, Suzon, ce court grimoire
Qui a pour but de vous égayer,
Et de vous empêcher de croire
Que l'on a pu vous oublier.

Oh! la belle cérémonie!
Vous avez tué le cochon!
Pendant cette journée bénie
Quel bruit de pots et de cruchons!

Que de chair et lard mis en mottes
Pour les boudins et saucissons,
Tandis que sur le feu mijote
Un bon millas plein de fritons.

En jeune et fraîche charcutière
Je vous vois dans cette fonction
Qui ressemble un peu dans le fond
Au noble métier d'infirmière.

Vous avez changé de sujet.
Celui-ci, bien moins honorable,
N'est pourtant pas, par son objet,
Une quantité négligeable.

Ici, penchée sur vos poilus,
Vous dépensez votre jeunesse.
Le soir, quand vous n'en pouvez plus,
Votre estomac tombe en faiblesse.

Là bas, saucisses et jambon
Dans votre organisme s'engouffrent,
Ni muscles ni nerfs ne souffrent.
Tout marche bien et tout tient bon.

Le poilu vous brisait le torse;
Avec le porc, c'est différent!
Celui-ci vous donne des forces,
Tandis que l'autre vous les prend.

D'une grosse plaisanterie,
A la pensée de vos attraits,
Il me pousse la fantaisie.
Pardonnez-moi ce dernier trait.

Pourquoi ce cochon, pauvre bête,
Qui fit les frais de cette fête,
Chez le malheureux Toulousain,
Le réveillez-vous si bien !!!

Janvier 1916.

CHANT DU CRÉPUSCULE

Je le sais, votre esprit glissera sur ces vers
Comme il a tant de fois glissé sur mes paroles ;
Et pourtant c'est mon cœur qui s'épanche au travers
De ces rimes. C'est lui qui crie et se désole.

Mon destin sera court, mais, si malgré ses coups,
J'avais l'espoir de vivre, au bout de dix années,
J'aimerais à pouvoir vous donner rendez-vous.
Vous sentirez alors des joies abandonnées
Et des plaisirs perdus le supplice accablant.
Vous saurez ce que c'est que subir la vieillesse,
Assister à sa chute et, comme un poison lent,
Sentir venir la fin de toutes les ivresses.

Comment comprendriez-vous tout ce que je ressens ?
Vous ne pouvez savoir l'incurable détresse
D'un cœur toujours vivant, malgré la mort des sens ;
Loin de me consoler le souvenir me blesse.

Il m'enveloppe encor d'un flot de voluptés
Que ne connaîtra plus ma guenille trop vieille,
Et c'est dans un linceul de plaisirs regrettés
Que gît mon pauvre corps où plus rien ne s'éveille.

Vous êtes jeune et belle, et, d'un amour vibrant
Constamment secouée, il vous faut cette joie
D'embraser de vos feux un vigoureux amant
Capable de vous suivre en aussi belle voie!
Hélas! il est passé le temps où je pouvais
Prétendre, sans orgueil, à jouer pareil rôle.
Ma carrière est finie et vite je m'en vais,
M'efforçant d'oublier, chercher ce qui console.

Je vais beaucoup souffrir; mon cœur toujours aimant
Évoquera longtemps votre troublante image.
Oh! qu'il est douloureux de tourner cette page
Où nous avions écrit un si joli roman!

LES ORIGINES DU CINÉMA

Eros était inquiet; il perdait sa puissance.
Les mortels, refroidis, nobles ou pauvres gueux
Semblaient avoir d'amour plus que leur suffisance,
Ne pensaient qu'à leur or et se jugeaient heureux.

L'Amour, le Grand Amour était passé de mode
Et le petit amour paraissait répugnant.
Tous deux étaient jugés bagage peu commode
Dans un monde affolé par la course à l'argent.

Mais, comment réveiller les ardeurs amoureuses?
Contre cette torpeur il faudrait réagir,
Provoquer l'étincelle, en la faisant surgir
D'invisibles contacts, d'intrigues ténébreuses!!!

Cupidon est tout triste et les autres vieux dieux,
Tandis que, tête basse, au ciel il se promène,
En le voyant passer, se moquent de sa peine
Et rient de ce fringant devenu tout vaseux.

Lui, ne perd pas courage; il travaille, il rumine
Et cherche quel moyen pourrait bien à l'amour
Ramener les mortels. Dans sa tête il combine
De doux rapprochements et de nuit et de jour.

Aucun ne lui plaisait, quand soudain il tressaille
Et retrouvant l'entrain qui jadis l'anima
Il s'écrie : « Euréka », je redeviens canaille;
Je suis sûr du succès avec le cinéma ! ! !

RENONCEMENT

Je viens de traverser une pénible crise,
Et si je vous attriste, il faut me pardonner.
Quelque chose en mon être ou s'éteint ou se brise
Et moi qui reçus tant, je ne puis plus donner.

Vous êtes jeune et belle, et pouvez être heureuse.
Ne vous désolez pas si je vous dis adieu.
Pour moi, c'est le repos que je demande à Dieu.
Je ne puis plus lutter. L'étreinte douloureuse
De ce mal innommé qui toujours me poursuit,
Me mine et m'assombrit. Je suis vieux avant l'heure.
N'aimant plus le présent, je pense à ce qui suit.
Quand la santé faiblit, tout pour nous n'est qu'un leurre.
L'amour même, l'amour, ce roi de tous les biens,
Lui, qui seul, mieux que tout, sait embellir la vie,
Par l'âge et la douleur voit relâcher ses liens.
Je ne suis pas de ceux que la philosophie
Suffit à consoler ; je regarde plus haut.

Si j'ai beaucoup souffert, je veux la récompense.
Ma raison la demande; elle est juste, il la faut!
Et j'offre mon malheur comme une pénitence.

Je n'ai tout près de moi que faiblesse et douleur!
Encor si je pouvais ne penser qu'à moi-même.
Mais quel rude fardeau! Quel tourment pour le cœur!
Sans pouvoir les guérir, voir souffrir ceux qu'on aime!
Vous voyez, chère amie, où va mon âme en pleurs.
Elle prend à nouveau le sentier rude et triste
Qu'elle n'eût pas quitté si, vision de fleurs,
Printanière expression du rêve d'un artiste,
Vous n'étiez apparue, aussi belle qu'aimante,
Pour troubler ma raison et me prendre le cœur.
J'ai vécu près de vous plus d'une heure enivrante
Et vous m'avez donné l'illusion du bonheur.
Pourquoi n'était-ce, hélas! qu'un fugitif mirage?
Le dégoût du mensonge et le sens du devoir
Livrent à mes désirs une lutte sauvage
Dont mon âme est l'enjeu. Combien de fois le soir,
Prosterné devant Dieu, mais, vous, toujours présente
Au fond d'un pauvre esprit que le remords tourmente,
Sans force et sans espoir, succombant sous le faix,
Mains jointes, à genoux, j'ai demandé la paix!

Je me consolerai, si je vous sais heureuse,
Car, si l'amoureux part, il vous reste l'ami.
Faites-lui confiance et, soit triste ou joyeuse,
Venez le retrouver ; appuyez-vous sur lui.

Je ne puis que pleurer celle que j'ai quittée.
Mon cœur et ma raison, tout est en désarroi.
Je ne suis qu'un malade à l'âme tourmentée.
Si vous m'aimez un peu, priez beaucoup pour moi !

BON VOYAGE

Quand vous croyez aimer, vous n'êtes qu'amoureuse.
Vous ne saurez jamais ce qu'est la vraie passion,
Celle qui, tour à tour, heureuse ou malheureuse,
Fait vibrer constamment deux cœurs à l'unisson.

La fantaisie des sens est votre seul mobile,
Magnifique instrument de joie et de désir,
Pourquoi vous encombrer d'un bagage inutile ?
Il vous faut seulement bien rire et bien jouir.

Dieu me garde pourtant de vous dire méchante,
Vous êtes bonne fille et les malins propos
Ne sont pas votre fait. Comme une belle plante,
Vous vivez sans souffrir et l'esprit en repos.

Quand l'instinct en éveil vers un homme vous pousse,
Vous lui cédez toujours, et c'est bien malgré vous
Si vous êtes partie inconsciente et douce.
Vous êtes sans malice. Allez, je vous absous.

Je ne vous aimais pas, mais je vous trouvais belle.
Je me servais de vous comme d'un bel objet
Pour combattre et pour fuir le mal qui me harcèle :
Un invincible ennui toujours à mon chevet.

Vous ne pouviez meurtrir que mon âme orgueilleuse;
Mon esprit a souffert beaucoup plus que mon cœur,
Et si j'ai dû subir une heure douloureuse
Je me moque déjà de cet amour qui meurt.

BONNE FÊTE

Je demande aujourd'hui pour vous, belle Germaine,
A la sainte qui sut changer le pain en fleurs,
De chasser loin de vous tout souci, toute peine,
De ne jamais changer vos sourires en pleurs !

CONTRE LE MAL D'AMOUR

Pourquoi toujours tomber dans le même péché ?
Ma pauvre volonté, tu n'es donc que faiblesse.
Tes plus nobles efforts n'ont jamais empêché
Mon cœur de succomber devant une caresse.

La honte et le remords sont toujours des tourments
Que la raison m'impose après chaque folie.
Alors je souffre et pleure et fais mêmes serments
De ne jamais trouver une femme jolie.

O mon Dieu, tu le sais, que de fois à genoux
J'implorai ton pardon et demandai ta grâce
Contre ce mal d'amour qui s'acharne sur nous
Avec une fureur que jamais rien ne lasse.

Je suis toujours vaincu, mais veux toujours lutter.
Prête-moi ton appui ; je veux sauver mon âme ;
Fais d'elle un pur esprit que rien ne peut tenter,
Et de mon corps un roc, à l'abri de la flamme.

Toi seul, peux rafraîchir mon cœur toujours brûlant,
Verse-lui des trésors de lumière et de force.
Pour me conduire au but vers lequel je m'efforce,
Montre-moi des plaisirs le vide et le néant.

Ce but, tu le connais, c'est une conscience,
Doucement apaisée et fidèle au devoir.
J'ai foi dans ta pitié, dans ta longue patience.
Malgré tout, dans tes bras, daigne me recevoir !

APRÈS UNE RUPTURE

Je vous ai fait pleurer, ma délicieuse amie,
Mon cœur, trop attristé, vous demande pardon.
Comment l'ai-je pu faire? alors que mon envie
Est de cueillir le rire aux lèvres de Suzon.

C'est ce gredin d'amour qui vint par un beau soir
Se glisser entre nous, suivi de son cortège
De rires et de pleurs et de rose et de noir.
Le traître sut trop bien dissimuler son piège.

Je vous ai fait pleurer, ravissante Suzon,
Et Dieu sait si mon cœur pleure toutes vos larmes!
Quand d'un rêve trop beau j'entretins l'illusion,
J'avais perdu l'esprit. N'accusez que vos charmes!

Je me vois condamné par le destin railleur
A ne jamais aimer sans créer de la peine,
Moi, dont l'âme jamais n'a ressenti la haine,
Moi qui voudrais à tous apporter du bonheur.

Je sais de mon amour la fatale influence.
Comme, dans la forêt, l'immense baliveau,
En cherchant le soleil, étouffe l'arbrisseau,
En cherchant le plaisir, je sème la souffrance.

Mais ne m'accablez pas, ayez plutôt pitié,
Car je récolte aussi la douleur que je sème.
Par de mordants regrets je suis supplicié
Et pour la même mort, notre deuil est le même.

ENVOI D'UNE MONTRE

Que le cœur ravi soit en liesse,
Ou qu'il soit brisé de tristesse,
Que le ciel soit sombre ou riant,
Qu'il pleuve, qu'il neige ou qu'il vente,
Sur son joli petit cadran,
L'aiguile court, indifférente.
De son cercle elle fait le tour
Sans s'occuper de nos affaires,
Se moquant pas mal, en son cours,
De nos joies et de nos misères.
Comme elle, je voudrais courir,
Emprunter sa philosophie,
Et me promener dans la vie,
Sans avoir jamais à souffrir.

Hélas ! un Nirvanah si doux
N'est point le lot de ma pauvre âme
Qui, recevant de rudes coups,
Tour à tour s'affaisse ou s'enflamme.

Tristes ou joyeuses, les heures
Pèsent toujours sur mon esprit.
Au moindre souffle qui l'effleure,
Vite il s'exalte ou bien s'aigrit.

Vous, seule, pouvez le défendre
Contre cette usure du temps,
Un seul de vos regards, si tendre,
Peut le rendre à jamais content.
Sous l'œil de femme aussi gentille
Qui l'echauffe d'amour si grand,
Il ne pense plus à l'aiguille
Qui galope sur le cadran.
La montre peut marquer les phases
De jour, de nuit, matin et soir,
A ces heures de douce extase
L'affreux temps n'a plus rien à voir.

Qu'importent les choses qui passent
Devant l'amour qui nous unit.
Passé, présent, futur s'effacent.
Rien ne commence et ne finit !

ÉTERNEL TOURMENT

O bienheureux celui qui ne connut jamais
Les heures de dégoût et de langueur morbide
Qui de tout, ici-bas, nous voilent les attraits
Et laissent notre esprit sans courage et sans guide.

Je proclamais jadis d'un gracieux souvenir
Le pouvoir apaisant. Je ne peux plus y croire
Et ne veux plus fouiller au fond de ma mémoire,
Car, plus je me souviens, et plus il faut souffrir.

Je pense trop souvent aux heures délicieuses
Où, confondant nos cœurs dans un même baiser,
J'avais l'illusion d'une vie bienheureuse
Dont la trame jamais ne devait se briser.

Tantôt c'est le regret des voluptés perdues
Qui vient, impitoyable, attiser ma douleur,
Tantôt c'est le remords de ces joies défendues
Qui pèse sur mon âme et cause ma frayeur.

L'esprit toujours inquiet et l'âme tourmentée,
J'aurai passé ma vie à lutter, à souffrir.
Semblable à cet esquif qu'une mer démontée
Ballotte et dans le port empêche d'aboutir.

Sans cesse et tour à tour ma pauvre âme balance
Du pôle du devoir au pôle du plaisir,
L'un flatte mon instinct et ma soif de jouir,
L'autre verse en mon cœur l'immortelle espérance.

Combien de fois, hélas ! sur ce trop faible cœur
Je crois que ma raison règne enfin en maîtresse,
Mais bientôt ma passion, avide de bonheur,
Ne veut plus de ce joug qui la brise et l'oppresse.

Que de fois, ô mon Dieu, tu m'as vu prosterné,
Triste et respectueux et demandant ta grâce
Pour sortir triomphant du combat acharné
Que me livre un démon que jamais rien ne lasse.

Ce démon, tu le sais, c'est le démon d'amour.
Il est si séduisant, en tête de l'escorte
De plaisirs et baisers et de nuit et de jour
Qui, dans un ciel païen un moment nous emporte.

Mais ce ciel n'a qu'un temps ; j'en veux un d'éternel.
Pour exaucer mon vœu, transforme tout mon être ;
Délivre-moi, mon Dieu, de tout désir charnel.
Donne-moi, pour t'aimer, une âme, un cœur de prêtre.

Pénètre-moi, Seigneur, de ce mystique amour
Qui méprise la vie et sa lourde misère,
Pour ne penser jamais qu'à l'éternel séjour
Où tu dois rendre heureux tes enfants de la terre.

Puisque je suis ton fils, pourquoi me torturer ?
C'est toi qui m'as créé ; tu connais ma faiblesse.
J'implore ton secours. Oh ! viens me délivrer,
Sois toujours près de moi, protège-moi sans cesse.

Je sais de tes élus qui vivent dans la paix,
Soutenus par la foi, tout remplis d'espérance.
Pourquoi ne suis-je pas des heureux que tu fais ?
Pourquoi m'as-tu choisi, mon Dieu, pour la souffrance ?

LES JUMELLES

Elles sont blondes toutes deux
Et de silhouette pareille.
C'est un vrai régal pour les yeux,
Elles sont bâties à merveille.

Grandes sveltes et bien en chair,
Nulle part il n'y en a comme elles.
Ce sont les célèbres jumelles
Dont le terroir peut être fier !

L'une est Suzon, l'autre est Irène,
Mais qui est Irène et qui est Suzon ?
On les reconnaît à grand'peine
Et chacun se trompe de nom.

Si tu tiens à les reconnaître,
Je t'indiquerai le moyen.
Mais il faudra longtemps, peut-être,
Pour que tu le mènes à bien.

Quand à te guider sur la terre
Tes deux yeux restent impuissants,
Fais donc appel à d'autres sens
Qui de plus près font leur affaire.

On ne peut les connaître assez,
Et tant pis pour qui mal y pense !
Qu'après les avoir embrassées.
Je t'en souhaite l'expérience !!!

RECUERDO

Je ne puis plus sortir sans te revoir en tout.
Ton image me hante et surgit de partout,
D'un café, d'un jardin, d'un tramway, d'une porte.
Alors je n'y tiens plus. Le souvenir m'emporte
Vers ces heures de joie, où ta douce beauté
M'enveloppant si bien d'amour et de tendresse,
Savait me faire vivre en un rêve enchanté
Et faisait oublier les maux et la tristesse.

Ces heures, je les aime, et, comme un cher trésor,
Js vais les retrouver au fond de ma mémoire.
Elles résonnent là comme un chant de victoire
Et se rient de l'oubli, vaincu jusqu'à la mort.

LE CENTENAIRE DE PASCAL

Pascal, le grand Pascal, cet illustre penseur,
Méritait, plus que tous, des fêtes centenaires,
Car, nul, si bien que lui, parmi tant de rhéteurs,
Ne sut nous indiquer ce qu'il ne faut pas faire.

Il voulut nous montrer que nous ne sommes rien,
Et que la vie ne vaut pas la peine de vivre,
Si l'on n'admet d'abord comme meilleur soutien,
L'existence d'un Dieu qui console et délivre.

Très grand par la science et plus grand par le cœur,
Lui, dont la sainteté ne connut pas un vice,
Il vécut, malheureux, au bord d'un précipice,
Follement angoissé de vertige et de peur.

Si grand qu'il soit, que nul de nous ne lui ressemble!
Le Ciel ne nous veut pas tristes et si peureux,
Et l'exemple pareil d'un pauvre être qui tremble
Ne peut être ici-bas voulu deux fois par Dieu.

Août 1923.

LE VOLCAN

(Air de *Jean-Pierre.*)

Un volcan ! Quelle horrible chose !
Dans sa rage il recouvre tout !
Le petit comme le grandiose !
Et rien ne peut rester debout !

Quand soudain déferle sa lave,
Fauve de feu, comme il rugit !
Et que l'on soit poltron ou brave,
Devant sa fureur on s'enfuit.

Mais il est, croyez-en mon dire,
Un volcan dont on parle peu ;
Le Ciel vous garde de son feu !
Car c'est peut-être encor le pire.

Dans toute femme est un volcan.
Il a ses heures d'éruption.
Pas toujours sur le même plan.
Sur l'esprit parfois sans action

Son feu s'en va brûler ailleurs.
Chacune flambe à sa manière,
Et c'est encore du bonheur
Si ce n'est pas trop par derrière.

La voix d'épouse la plus sage
Un jour ou l'autre détonna,
Et parmi les gens en ménage
Qui n'a pas son petit Etna !

A LA GLOIRE DE GABRIEL FAURÉ

(Sur son air des *Roses d'Ispahan.*)

Depuis Napoléon, notre robuste Ariège
Se vantait et chacun de nous était très fier
De voir son dur climat de frimas et de neige
Fournir abondamment des hommes et du fer.

Mais les Muses pleuraient, car, sur ses rudes bords
Les arts semblaient dormir au souffle de Borée.
Un jour Euterpe vint et, conjurant le sort,
Elle fit voir le jour à Gabriel Fauré!

Ta gloire nous ravit, génie de la musique,
Tes frères Ariégeois, de la plaine et des monts,
S'en iront en tous lieux, comme dans un cantique,
Faire entendre tes chants et célébrer ton nom.

Pamiers veut te garder, et Foix te revendique!
Artiste noble et pur, dispensateur de joies,
Rome t'aurait donné la couronne civique!
Nous te proclamons, tous, un grand Ariégeois.

Août 1923.

CHASON DU POILU

(Air de *Hans le joueur de flûte* : Tu-tu pan pan-Ganne.)

Le fier poilu, dans sa tranchée
Au mépris de tous les tourments,
Sut infliger une râclée
A tous ces bougres d'Allemands.

Sous les obus et la mitraille,
Il pensait, rageur, en pleurant,
Aux chers morts, qui dans la bataille,
Ont dû payer l'impôt du sang.

Quand l'ordre vient de la ruée,
A la belle mort qui l'attend,
Il vole, comme à la curée,
Saluez bas! comme il est grand!

Août 1923.

LE CENTENAIRE DE PASTEUR

Comment chanter ta gloire, ô sublime Pasteur !
Elle est vraiment trop grande et défie la louange.
Tu fus et resteras l'immortel bienfaiteur
Par qui, dans tous nos maux, tout s'allège et tout change !

Grâce à tes grands travaux, la rage et le typhus,
Ces deux tristes fléaux, ces deux vieilles misères,
Peuvent impunément nous jeter leur virus,
Tu leur as interdit de dépeupler la terre.

Grand croyant et chrétien, tu savais que la mort
Ne peut être vaincue et n'est qu'un grand passage ;
Mais par toi Dieu voulut améliorer le sort
De ceux que trop de maux tenaient en leur servage.

Que n'as-tu sur les cœurs exercé même action !
Inoculé dans eux un sérum de sagesse,
Diminué leur fièvre et calmé leur passion,
Enfin de toute haine amolli la rudesse.

De soucis d'ambition ou d'amour affligés,
Trop de gens, ici-bas, sont trop souvent en crise,
Mais si l'on voit encor bien des gens enragés!
Ils ne sont pas de ceux que Pasteur immunise!

Août 1923.

REPROCHE

Belle fille de marbre. Ah ! si tu savais lire
Un peu sur ce papier et beaucoup dans mon cœur,
Tu comprendrais enfin qu'il est cruel de rire
D'un amour dont j'ai honte et devrais avoir peur !
Hélas ! je sais trop bien et bien mieux que personne
Et le peu que je vaux et le peu que je donne.
Mais l'autre est-il si beau ? l'autre est-il si parfait ?
Je désirais un geste et tu ne l'as pas fait !

HYMNE AU GAILLAC

(Air du *Pendu.*)

L'esprit inerte et l'âme lasse
Quand le sombre ennui vous tracasse,
Pour ne plus être dans le lac,
Buvez un verre de Gaillac.

Dans vos méninges fatiguées,
Pour brouiller toutes vos idées
Dans le plus délicieux mic-mac,
Recourez encore au Gaillac.

Quand dans la tristesse on se noie,
Rien ne fait mieux passer le bac
Vers les bords d'amour et de joie
Qu'un grand verre de bon Gaillac.

Qui mettra, pour nous faire rire,
Plus d'un bon tour dans ton bissac,
Le mot piquant et le fou rire?
C'est encore le bon Gaillac.

Quand, pour débrouiller une affaire,
Vous ne savez trop comment faire,
Pour n'être pas mis dans le sac,
Pour voir clair, buvez du Gaillac.

Qu'on soit bourgeois ou gentilhomme,
Qu'on porte la veste ou le frac,
Je ne connais pas d'honnête homme
Qui n'aime à boire du Gaillac.

Sur un pic ou dans la vallée,
Le poilu se moque au bivouac
De la bise et de la gelée,
Quand il peut boire du Gaillac.

Un peu timide avec la femme,
Bien souvent je contiens ma flamme.
Ollé ! je marche. Adieu le trac !
Si je peux boire du Gaillac.

Pour mettre notre cœur en liesse
Et précipiter le tic-tac
Des voluptés et des caresses,
Rien ne vaut ce petit Gaillac.

RONDE DES MONNAIES. 1923

LE MARC

Je suis le marc qui dégringole
D'une allure toujours plus folle.
Et quel triste sort est le mien !
Le Boche, mauvais père,
Me donnant trop de frères,
Va bientôt me réduire à rien.

Dans ma lente agonie
Qui veut me secourir !
C'était si bon la vie !
Je ne veux pas mourir.
Pour combattre ma baisse
Et me remettre en compte,
Versez donc dans ma caisse
De l'or qui me remonte.
Ayez pitié d'un pauvre marc
Sans intérêt ni capital.
Qui fond, s'effrite et qui marque
Encor plus mal, toujours plus mal !

RONDE DES MONNAIES. 1923

LE ROUBLE (Air du *Roi de Thulé.*)

Et moi donc, pauvre petit rouble,
Qui, dans la période trouble
Où tout chancelle et va périr,
Suis parti le premier pour tomber et mourir.

Voyez s'il est pire détresse.
Sous les pieds du tyran ployé,
Je suis déjà presque oublié
Tant le bolchevisme m'oppresse !

Je ne suis plus qu'un mot : « le rouble »
Et ne vaux jamais plus que je sois simple ou double.
Je ne suis plus qu'un mot : « le rouble »
Et c'est toujours pareil, qu'on me joue quitte ou double.

RONDE DES MONNAIES. 1923

LE FRANC

Je suis le brave petit franc
Qu'on secoue et que l'on balance.
Mais je garde toujours mon rang
Et sais maintenir ma distance.

Je reste depuis trop longtemps
Le créancier qu'on ne paie pas.
Mais qu'on me laisse un peu de temps !
Je ne resterai pas si bas.

Ma France, ce pays si beau,
Gagnera bientôt ses deux manches.
Je saurai prendre mes revanches,
Et l'on verra ce que je vaux !

RONDE DES MONNAIES. 1923

LA LIVRE (Air de *God save the Queen.*)

Très chique et très sterling, heureuse rescapée,
Grâce aux soins de l'Anglais, je me porte assez bien.
Ronde et d'un or brillant et sans abus frappée,
Je roule encore assez pour rouler mes voisins.

Je sais les procédés qu'Albion préconise
Et je me fais payer toujours plus que mon dû,
Et si de m'emprunter quelque allié s'avise,
Je fais payer très cher le service rendu,

Aoh! Yes! je suis très chic!
Aoh! Yes! et c'est mon tic!
D'aller un peu partout
Et de ramasser tout!

RONDE DES MONNAIES. 1923

LE DOLLAR

Je suis le triomphant dollar,
Toujours bien frais et gras à lard.
A tous, livres et francs, moi seul je fais la nique
Et de les mener tous à mon gré je me pique.
Je suis roi des mortels, de l'espace et du temps.
Quoi qu'on ait de valeur, j'en ai toujours autant.
Je règne avec orgueil sur la terre et sur l'onde,
Et qu'on le veuille ou non, je suis maître du monde.
Allons ! les petites monnaies !
Je vous aime et je vous connais.
Croyez-en le papa Dollar,
Vous aurez encor du bonheur,
Bonne tenue et l'air gaillard.
Je vous rendrai votre valeur,
Car je mourrais d'hypertrophie
Si vous n'étiez toutes en vie !

TABLE

TOULOUSE. — Impr. et Libr. ÉDOUARD PRIVAT. — 6248

www.ingramcontent.com/pod-product-compliance
Ingram Content Group UK Ltd.
Pitfield, Milton Keynes, MK11 3LW, UK
UKHW031905260826
14628UKWH00002B/1000

9 782329 177656